一蓑煙雨任平生

——蘇東坡側寫，兼述復刻《註東坡先生詩》

曠世奇才　顛沛一生

「莫聽穿林打葉聲，何妨吟嘯且徐行。竹杖芒鞋輕勝馬，誰怕？一蓑煙雨任平生。料峭春寒吹酒醒，微冷。山頭斜照卻相迎。回首向來蕭瑟處，歸去。也無風雨也無晴。」這是蘇軾於烏臺詩案發生後的次年（一〇八〇），在黃州沙湖道中遇雨時所填的一闋《定風波》。詞中很巧妙地利用「穿林打葉」的雨和「煙雨」二者——既指自然界風雨，也泛指政治上風雨的雙關語意，來抒寫他人生的感悟與體會。蘇軾認為所有的風風雨雨，總會過去成為煙雲，惟有蕭瑟的清涼平淡才是人生追求的真諦。這就是蘇軾東坡居士！這闋詞不但道出了當時的眼前景、心中事，也成了蘇軾人格修為、心靈境界的最佳寫照。

蘇軾（一〇三七—一一〇一），字子瞻，號東坡，四川眉山人。二十一歲中進士，不久名滿京華，聲震天下。宋神宗時，因反對王安石變法，屢遭貶黜。宋元豐二年（一〇七九），遭人誣陷，以「烏臺詩案」被捕入獄，謫貶黃州。哲宗時，舊黨主政，東坡被召為翰林學士。晚年新黨重掌權柄，東坡累以文字獲罪，先後貶英州、惠州、儋州，數年間經歷瘴癘之地，投荒海角天涯，備嚐流宦謫貶之苦。到了徽宗時，才大赦北還，未久病逝於常州。

蘇軾很早即以詩飲譽文壇，深獲一代文宗歐陽修的賞識。但「成也詩名，敗也詩名」，命運之神似未特別眷顧，後來更屢因詩名而遭不幸，甚至下獄，可知此言不虛。歸納起來，蘇軾的一生：從初試啼聲到名動天下，從二千石到階下囚，從囚徒生活到輾轉貶途，從江湖漂泊到位居廟堂，從繁華京城到投荒天涯，四十餘年為官生涯當中，有四分之三以上時間是在地方度過的，在朝時間不到十年，有三分之一的時間往來奔波於貶所。正如蘇軾自己所形容的「筋力疲於往，日月逝於道」。可以說他的一生，是經風歷雨深受顛沛之苦的一生。

但蘇東坡畢竟是蘇東坡，不但不曾被風雨橫逆擊倒，反而頂風搏浪巍然屹立。他始終以曠達的胸襟來面對人生，以豁達的氣度來面對橫逆，一生雖然屢遭謫貶，顛沛於人生旅程，困頓於官場宦海，無論在怎樣的困境中，他都善於運用自己的文藝才學和人格魅力，從苦難中解脫出來並超越它。正是這種豁達的人生情懷，才成就了中國古代文學史上才華橫溢、橫空出世的曠世奇才。九百年後的我們，展讀他的詩文辭章，仍感受到他曠達的胸襟、堅韌的品格和堅若磐石的感情，從詩文中也讓我們體會到他的人生智慧和人生啟示。

「時代不幸詩家幸」，似乎無奈地指出文學創作的一條規律，那就是詩文必須經歷苦難的淬煉、滄桑的磨洗，然後才能積累作品思想的深度與厚度。易言之，文學創作的內在意蘊，必須經由「文窮而後工」的重錘深鍛來加強它感動人心的力道。黃州四年謫貶的生活，使蘇軾的創作產生質的變化，迎來了蘇軾詩文創作的豐收期。文章由著重於政論、史論、哲理，轉向隨筆、小傳、題跋、書簡等「文學性散文」，內容簡短精約，筆法靈巧活潑，耐人尋思回味；詩歌由原先的富贍流麗、豐滿生動的風格，走向以清曠語言抒思出厚重的人生感慨，構思也更見縝密；經人生感慨的磨洗，也拓寬了蘇詞的道路，表現出詞的「詩化」趨向，從而使蘇詞呈現或豪邁雄放，或高曠洒脫，或婉約深情，或清新明淨的風格，超越人生的苦難，達到出神入化的境界。至於這時期所創作之「三詠赤壁」——〈前赤壁賦〉、〈後赤壁賦〉與〈念奴嬌．赤壁懷古〉詞，更是膾炙人口的蘇軾代表作，對後世文學史影響甚巨。黃州赤壁更是名滿天下，因與周瑜、曹操的戰場不是同一地方，被人稱之為「東坡赤壁」。

經風歷霜　瀟灑自如

蘇軾的一生，幾乎是在憂患失意的境遇中度過的。「心似已灰之木，身如不繫之舟。問汝平生功業：黃州、惠州、儋州。」這是蘇軾在去世前不久所作〈自題金山畫像〉詩，不無憤慨且簡括地道盡了他的全部人生。話雖如此，即使蘇軾對現實政治充滿了憤懣不平之心，但他仍然常保樂觀豪邁的精神，奮發進取的態度，創作不輟，且不時發出健朗黠慧的笑聲。之所以如此，這是由於東坡先生找到困境消解的方法，寄情於山水田園的樂趣、友朋詩酒的摯情、哲理禪機的妙悟、手足妻兒的溫馨，還有為了苦難生活的奔波請願等等，梭織成蘇軾色彩繽紛而又有意義的一生。這種瀟灑自如的生命態度和人生體驗，成了他作品的基調，也豐富了作品的生命。

當然，不是說蘇軾作品中沒有失落惘然，沒有悲涼愴恨；但更多的則是達觀和開闊、智慧和才情，還有不屈不撓的追求和探尋。蘇軾是走過生活的四季霜華，看過人生的起承轉合的詩人，故其寫詩為文自有一份深邃與寧靜的境界。在蘇詩中常交織著兩種相反相成的風格：入世抱負與超世情懷，積極進取與恬靜無為，憂鬱憤懣與曠達樂觀，施展懷抱的胸襟與放情山水的意趣。蘇詩之所以能觸動人心，是因為他寫作是真性情的流露，所謂「有諸內則形諸外」，「有觸於中而發於詠嘆」者是也。易言之，蘇軾詩文之所以達到以情動人的境界，是他真正做到「詩從肺腑出，出則感肺腑」的要求。

即使命運起起落落，人生充滿苦難困厄，但蘇軾始終能惕勵自警，修為自省，奮發不已，創作不息。顯然，蘇軾有感於「身與時舛」，故只能借助詩文辭章以抒發個人的懷抱、志趣與情感。「標心於萬古之上，而送懷於千載之下，志共道申」，也由於具有這種心志，使蘇軾在人生老邁的向晚時刻，能無憾地完成他人生的華麗轉身——其詩文及著述，成就了他一生圓熟、圓融、圓滿的人格。這種具備圓熟、圓融、圓滿的成熟，是一種明亮不刺眼的光輝，是一種圓潤不膩耳的音響，是一種勿須察顏觀色的從容，是一種不必申訴求告的大氣。或許這種圓熟的人格魅力，才是蘇軾留給後人最好的人生遺產，同時也為人生啓示留下了最佳的典範。

詩文超脫　內容閎富

由於蘇軾是一位全才的作家，兼擅各種體裁，四十餘年的創作生涯當中，留下了四千八百餘篇文章，二千七百餘首詩，三百四十餘首詞，數量之巨為北宋作家之冠，質量之優為宋代文學最高成就的代表。其中即以詩歌而論，體裁即包括了四言、五言、六言、七言、雜言、古體等。內容題材更為廣泛，以王十朋分類蘇詩為例，就分七十七類，其中雜賦九十五首，所屬題材尤為分散，難以歸類，因此實際涉及的題材將近百類。如將這百科全書似的內容加以歸納整理，大略可分為社會政治詩、山水田園詩、風土民情詩、詠物寓志詩、抒情述懷詩、詠史懷古詩、評書題畫詩、談禪說理詩、贈答酬唱詩等九大類。

蘇詩內容之繁複龐雜，主要是因為蘇軾是一位學識淵博、閱歷豐富、遊蹤廣闊、知交眾多的詩人。前人認為蘇軾「英才絕識，卓冠一世，平生斟酌經傳，貫穿子史，下至於小說、雜記，佛經、道書、古詩、方言，莫不畢究。故雖天地之造化，古今之興替，風俗之消長，與夫山川、草木、禽獸、鱗介、昆蟲之屬，亦皆洞其機而貫其妙，積而為胸中之文。」是以，其所為詩文必然是「援據閎博，旨趣深遠」。有鑑於此，非借助注釋之爬剔梳理，就難收蘇詩精髓佳妙處欣賞之效，至於探驪得珠更遑論矣。蘇詩中涉及典故、成語、地理、名物、山川風土等很多，自須借助注釋不為功。至於蘇詩中涉及之人物、掌故、朝政、時局等，更須翔實透徹的箋注，俾梳理事實真象，斯明詩人之旨；否則，難免讓人有「霧裡看花，終隔一層」之感。

蘇詩施注　命舛運乖

宋人本有為宋人詩集作注的傳統，這與蘇軾、黃庭堅「以才學為詩」的作風有關。宋任淵注黃山谷詩及陳後山詩、宋李壁注王荊公詩、宋胡穉注陳簡齋詩等，都説明了這一現象。至於宋人為蘇詩作注更倍蓰於此，據稱有近百家之多。當時刊行的注本，就有趙夔《注東坡詩集》、吳興沈氏注、漳州黃學皐補注、宋刊五家注、宋刊五注與十注合拼本、舊題王十朋注、施顧注、廖群玉瑩中注八種。今存注蘇詩有三種，其形式分別為集注、類注和編年注，代表了詩集的三種編纂方式。集注本為五注、十注合拼本《集注東坡詩前集》宋刻殘帙，今存四卷，不知纂輯人，據考刊於南宋高宗朝。類注本為《王狀元集百家注分類東坡先生詩》，舊題王十朋纂集，今存二十五卷，附《東坡紀年錄》一卷，南宋中葉問世。編年注本即《註東坡先生詩》，係著名的蘇詩注本，擬於其後詳述。

《註東坡先生詩》，施元之、顧禧合注，施宿補注並刊，凡四十二卷，另有《年譜》、《目錄》各一卷。前三十九卷為編年詩，第四十卷為不編年之翰林帖子及遺詩，最後兩卷為《和陶詩》。據推斷成書於孝宗淳熙年間，刊於寧宗嘉定六年（一二一三），即淮東倉司刊本。編排體例比類注本合理，有利於知人論世。注文

「援引必著書名，詮詁不乖本事，又於注題之下，務闡詩旨，引事證詩，因詩存人，使讀者得以考見當日之情事。」施宿刊本傳世甚少，理宗景定三年（一二六二）有鄭羽在嘉定原版基礎上修補印行之補刊本。施顧注本今存有兩種版本：嘉定本，明毛晉原藏本三十卷，其後續有亡佚，現為國家圖書館收藏，存十九卷，書中有朱筆點校。景定補刊本，今有翁同龢家藏本三十二卷。以上兩部藏本皆為殘本，加上黃丕烈等遞藏之《和陶詩》二卷以及繆荃孫舊藏的四卷，是至今尚存有關施注蘇詩的四種版本。將前述四種殘本拼合起來，去其重複，共存三十六卷，恰為原書七分之六。目前拼合版本，雖仍為殘卷而非完帙，但已非常難能可貴，珍若連城。抑有進者，今國家圖書館所藏嘉定本雖是燼餘，但其中為景定本所無的四卷卻相當完整，真是文獻有靈，天地同珍。

本館所藏之嘉定本《註東坡先生詩》，其命運與東坡先生多舛的經歷也相彷若彿，它先後曾遭受蟲、霉、水、火諸劫，但卻歷劫不毀。國家圖書館之收藏版本，因係從灰焰中掇拾殘餘，經良工裱褙重裝，故稱「焦尾本」或俗稱「火燒本」。這次，我們藉「千古風流人物蘇東坡」閱讀活動舉辦之便，利用現代科技以「原汁原味」的方式保留《註東坡先生詩》的本來面貌，以線裝仿古裝幀形制復刻出版，嘉惠於士林，有功於典籍。

原貌復刻 經典重現

我們認為本書的出版，其意義有三：其一、施顧蘇詩注係蘇詩之名注，內容體例頗為翔實完整。該本之價值，不僅在注文，尤其在於題註，一來有助於了解東坡詩之旨趣，二來所注多是有關當時的人物、掌故、朝政、時局，對於神宗、哲宗兩朝新舊黨爭也有持平的看法，故頗具史料之價值。其二、施顧注本流傳不廣，故清初以來，通行本乃康熙時邵長蘅等人據殘本刪補之刪補本，但邵本任意刪削竄亂，已失施氏原來面目。現在我們將宋刊原本復刻出版，應有助於還施顧注本來面目。其三、有關善本書之復刻普及問題。善本書稱得上文獻的「國之重寶」，自然應善加保存細心維護，但另方面也應思考它的流通和普及問題。其實，有關古籍之復刻和普及，一直是本館施政的重要目標之一。現在，我們將古籍善本從秘閣重庫中解放出來，復刻了《註東坡先生詩》，一來表示我們對一代文化巨人、文學巨擘蘇東坡的崇仰之心，孺慕之情；二來也可藉古籍復刻出版之便，讓經典面向大眾，並走向大眾，俾為中華古籍善本之普及，竭盡些許綿薄之力。

國家圖書館館長

二〇一二年九月十七日

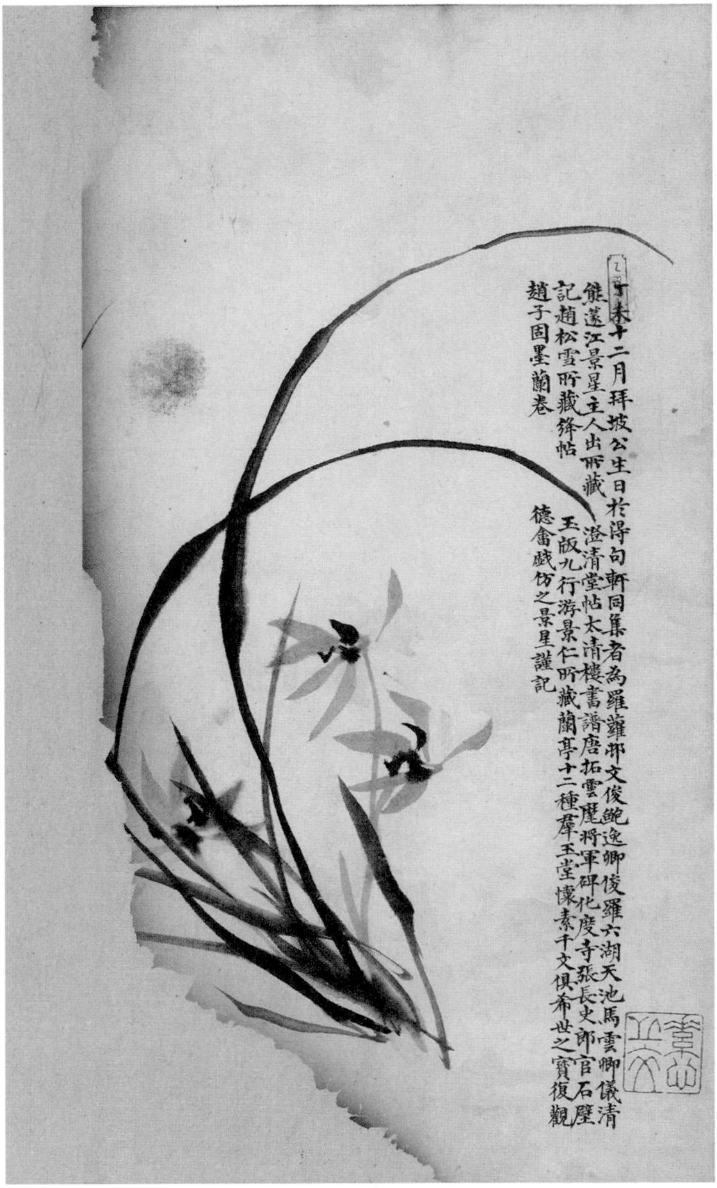
丁未十二月拜坡公生日於得句軒同集者為羅蘿邨文俊鮑逸卿俊羅六湖天池馬雲卿儀清
熊蓮江景星主人出所藏澄清堂帖太清樓書譜唐拓雲麾將軍碑化度寺張長史郎官石壁
記趙松雪所藏絳帖王版九行游景仁所藏蘭亭十二種羣玉堂懷素千文俱希世之寶復覩
趙子固墨蘭卷德畬戲彷之景星謹記

注：經摺附圖爲原書比例縮小百分之五十

景印宋刊《註東坡先生詩》出版序言

乾隆三十八年十二月十七日，翁方綱在北京以十六金買到宋刻《註東坡先生詩》，雖是不全之本，翁方綱卻極高興，因為他知自己所得實乃稀世秘笈。翁方綱酷愛東坡，在得到此書之前已有東坡手書《嵩陽帖》，此書到來令其更加興奮，特意將自己的堂號命名為「寶蘇齋」，以紀念得書之喜。《複初齋文集》中《寶蘇室研銘記》曾記此事：「予年十九，日誦《漢書》一千字，明海鹽陳文學輯本也。文學號蘇庵，則願以蘇齋名書室，竊附私淑前賢之意。戊子冬得蘇書《嵩陽帖》，癸巳冬得《蘇詩》施顧注宋槧殘本，益發奮自勗蘇學，始以寶蘇名室。」

刊刻及遞藏

蘇東坡詩文素為大眾所喜，其人格魅力亦令人折服，其作在當世就已經成為人們爭相傳誦之篇，然而其詩因涉及的人、事、典故及當時的朝政時局等太多，故東坡詩素有「非注不明」之說。注本蘇詩在宋代就已出現多部，流傳至今的卻僅兩部，一部為宋代書賈偽託王十朋之名所注的《王狀元集注東坡先生詩》二十五卷；另一部為南宋施元之、施宿父子及顧禧所注的《註東坡先生詩》四十二卷，因施、顧皆為南宋中葉時期的人，去東坡未遠，所以施、顧所注不僅能令讀者更深切地瞭解東坡詩篇，同時也能將其注作為史料來讀。詩注之外，施宿另編有東坡年譜一卷附於詩注之前，有助於讀者更深入的瞭解東坡及其詩篇。由於此書刊刻於當時的泰州常平鹽茶司，以公費付梓，資金充裕，所聘請的寫、刻、印者皆良工，故該書精雅整秀，明淨端正，堪稱宋槧之殊絕者，令歷代得者寶之。

該書首刻於嘉定五年、六年之間，施宿刻成此書之後不久去職，書版存於淮東倉司五十年，直到景定三年鄭羽到泰州任職，見到部分書版已經模糊不清，於是招集工匠將毀壞的書版或修補或重刻，然後再次刷印，後人稱此次修補刷印者為景定補修本。鄭羽補修之後又十餘年，元兵入侵，淮東淪為戰場，不久宋亡，書版遂不可問。

然而《註東坡先生詩》雖然經歷兩次刊刻，流傳卻極稀見，整個元、明兩代皆未見著錄，直到清初始有殘本流傳。絳雲樓書目雖曾記載有足本，然庚寅一炬，是書是否毀於其中，已無從考查。如今在各家著錄中可見者，有毛晉汲古閣藏嘉定殘本、徐乾學傳是樓藏殘本、怡親王府安樂堂藏足本、馬曰琯小玲瓏山館藏半部、鮑廷博知不足齋藏半部、馮敏昌藏足本、陸費墀藏景定足本、黃丕烈士禮居藏殘本、楊紹和海源閣藏殘本（士禮居舊藏）、繆荃孫、劉承幹遞藏殘本等。然而著錄雖多，今時仍然存留可見者，卻僅四部殘書，分別為毛晉、宋犖、翁方綱等人遞藏的嘉定殘本、怡王府及常熟翁氏遞藏的景定殘本、黃丕烈等遞藏的《和陶詩》二卷以及繆荃孫舊藏的四卷，將至今尚存的所有殘書拼起來，去其重複，共存三十六卷，依然不能湊成一部全書，可見這部書雖為殘卷，其珍貴程度卻可想而知。

祭書之始

翁方綱所得之本為嘉定殘本，今可追溯最早收藏者為明朝嘉靖年間的安國，之後為明末毛晉、宋犖，然後經遞敘到翁方綱。翁方綱得到這部書後珍逾球璧，不僅將室名改為寶蘇齋，還請羅聘繪《寶蘇圖》及《東坡笠屐圖》裝於書之副頁，另請畫家華冠繪自己小像一幅，裝訂在第三卷的卷首。得書的第三天正好為蘇東坡生日，翁方綱請來桂馥、伊秉綬、姚鼐、錢大昕等好友設奠祭書，拜祭東坡生日，大家或題跋、或賦詩，書於磁青護頁者為金液銀液，書於幅頁者為墨筆，此即祭書之始。

自此以後的每年十二月十九日，翁方綱都會舉行這樣的祭書儀式，以紀念東坡生日，當時參與盛事者皆有詩文記錄祭書之事，存於各自文集之中。錢泳《履園叢話》也曾記載此事：「大興翁覃溪先生……所居京師前門外保安寺街，圖書文籍，插架琳琅，登其堂者，如入萬花谷中，令人心搖目眩，而無暇譚論者也。嘗得宋版施注《蘇詩》，海內無第二本，每至十二月十九日必為文忠作生日會，即請會中人各為題名以及詩文歌詠，盡海內賢豪，垂三十年如一日也。」凡此種種，皆可見翁方綱愛此書之篤。

翁方綱之後，該書又經多人遞藏，鄭騫先生撰有《宋刊施顧註蘇東坡詩提要》曾詳細列明該書遞藏的過程，現引用如下：「明嘉靖間安國—明末毛晉—康熙三十八年或稍早宋犖—康熙五十四年至五十六年之間揆敘—乾隆三十八年十二月十七日翁方綱—道光六年吳榮光—道光十七年潘德輿—道光咸豐間葉名澧—光緒中鄧詩龕—光緒宣統間袁思亮—民國潘宗周—蔣祖詒—張澤珩—國立中央圖書館。」在此遞藏過程中，該書所存卷數曾發生變化，宋犖得書時，存有卷三、四、七、十至二十二、二十四、二十五、二十七至三十四、三十七、三十八、四十一、四十二，合計三十卷，到吳榮光架上時存卷依舊，到袁思亮家不久即遭火焚，最後至國立中央圖書館時，僅存卷三、四、七、十至十三、十五至二十、二十九、三十二、三十三、三十四、三十七、三十八等十九卷，以及目錄的下卷。鄭先生還在文中提到：「比吳榮光以前所少各卷，是在潘、葉、鄧三家時失去，或遭火劫，不得而知；我只知道第四十一、第四十二兩卷即《和陶詩》未被火焚，而當初並未賣給中央圖書館，現由某藏書家收藏，『只在此山中，雲深不知處』。」從這段話的語氣中，我覺得鄭騫先生說此話時，應該是知道卷四十一及卷四十二藏於何處的，只是出於某些原因不便說，因為鄭文刊於一九七〇年，此時這兩卷正在藏書家陳清華架上，而陳先生當時身居美國，故有太多不可言者。

荀齋及《和陶詩》

陳清華先生字澄中，藏書極富，與周叔弢並稱「南陳北周」，為民國年間最具盛名的藏書家之一，因藏有宋版《荀子》而顏其室為「荀齋」，而他最為書林津津樂道的事，是使南宋世綵堂本《韓文》、《柳文》合璧一事，宋刻《註東坡先生詩》卷四十一、四十二是他一九三八年冬天在上海以重金收購。一九四九年陳澄中先生退休，攜帶部分珍籍移居香港，不久就傳出其有意出售所藏，以及日本人意欲收購荀齋舊藏的消息，當時的文化部文物局局長鄭振鐸得知後，決定不惜代價將這批珍籍購回國內，絕不能如皕宋樓般為日本人所得，當即通過徐伯郊、趙萬里等與陳澄中聯繫，至一九五五年才成功購回荀齋所藏的第一批善本，其中就有世綵堂本《韓文》、《柳文》。至一九六五年回購第二批善本時，鄭振鐸已經去世，周恩來親自過問此事，依舊請趙萬里與之聯繫，這次購回的善本中，就包括了陳澄中以之為號的宋刻《荀子》。當時中國經濟剛剛經歷了一段極困難時期，並且處於狠抓階級鬥爭階段，在這樣的時局之下，周恩來仍然親自過問此事，並在善本運回不久馬上安排內部展覽，受邀參觀者僅中央領導和極少數專業研究人員，可見荀齋所藏之重要。

然而陳澄中兩次出售的藏書中，都沒有《註東坡先生詩》卷四十一及卷四十二，可見在其心目中，這兩卷《和陶詩》之重要，遠過於世綵堂本《韓文》、《柳文》和以之顏其齋的宋刻《荀子》。陳澄中晚年將《和陶詩》二卷分給其子國琅、女兒國瑾每人各一冊，至十餘年前嘉德公司在美國從陳澄中後人手中徵集到一批荀齋舊藏，計有二十三部之多，可謂部部珍罕，其中最引人注目者的就是《註東坡先生詩》卷四十二，也就是《和陶詩》的下半部，因為它承載著太多的書界傳奇，人們也直至這個時候，才知道《和陶詩》二卷一直藏於陳澄中架上。按照當時的國家規定，這批書被文物部門限定為只能由公共圖書館購買，所以這批書最後完整售歸北京圖書館。

《註東坡先生詩》卷四十二的歸屬終於明瞭之時，外界卻並不知道《註東坡先生詩》的卷四十一藏於寒齋，亦為寒齋珍秘之一，不舍輕易示人。然而今年恰逢東坡誕辰九七五年，臺灣大塊文化為紀念此盛事，特將臺灣所藏該書及寒齋所藏合璧共同景印出版，故而不揣淺陋，略寫序言如上。料必或有錯漏，不如人意之處，還盼方家指教。

後學韋力序於壬辰年夏，京滬動車之上

韋力

漢王至臼綏得竟銘

秦鏡銘文曰吾作明竟幽湅三商調刻無極配象萬疆白牙敬琴眾神具容天禽四首衛縣剛邊則大一乘口口口犀五帝三皇誅討鬼凶富貴安樂子孫番昌曾年益壽其斯命長

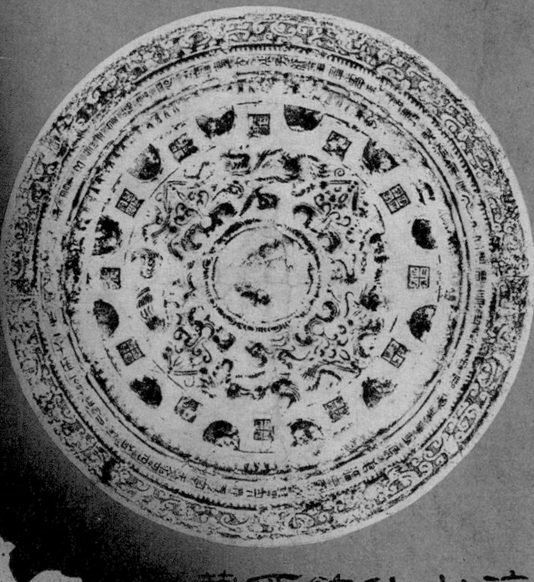

海山仙館所藏

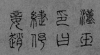

編輯室報告

落拓浪漫，中國文人最愛蘇東坡

蘇軾是著名的文學家，也是唐宋八大家之一，和其父蘇洵、其弟蘇轍並稱「三蘇」。蘇東坡生性曠達豪放不羈，喜歡交友、品茗、美食，亦雅好遨遊寄情於山水之間，他那無人能及的才情，也展現在詩、詞、書、畫和散文中。現存大約二千七百多首詩作，風格多樣，對於後世影響深遠。

雖然文采洋溢又是當代著名的文學家，但自古以來總是才大難為用。蘇東坡的仕途之路走得十分坎坷，四朝為官卻數度被貶官謫居至黃州、惠州、儋州等地。因所處北宋時代的新舊黨爭，蘇東坡在政治上偏於舊黨，但也想興利除弊，既反對王安石較為急進的改革措施，也不同意司馬光盡廢新法，因而在新舊兩黨間均受排斥。

儘管捲在政治漩渦之中，蘇東坡卻始終超脫於政治之上。林語堂在其所著《蘇東坡傳》中，形容他是「一個偉大的人道主義者，一個百姓的朋友，一個大文豪，大書法家，創新的畫家，在政治上專唱反調的人……」擁有多樣才華不同樣貌的蘇東坡，討厭虛矯偽飾，個性亦諧亦莊，在逆境中懂得隨遇而安，一生嬉遊自得其樂……。就是這種既落拓又富浪漫情懷的獨特魅力，讓他成為中國文人喜愛與仰慕的名家。

歷史光影，成就非凡的藝術價值

前台大中文系鄭騫教授在其著作《宋刊施顧註蘇東坡詩提要》中，描述蘇東坡的一生——「讀過的書多、走過的地方多、經歷的事情多、與他有關聯的人物多。」就在蘇軾病逝常州不久，注釋蘇詩的風氣悄然興起，而且當代人注當代詩，無論時間之早、人數之多，在中國的詩歌史上都是第一人。

《註東坡先生詩》是南宋時候的施元之、施宿父子以及顧禧合力完成的，深為學者重視。因為這套書不但保留了相當多的宋代史料，解讀了東坡詩發思古幽情、意在言外的微言大義，還評比臧否北宋新舊黨爭以來的時政與人物，折射出那個時代的歷史光影。

流傳至今的《註東坡先生詩》有四種版本，分別為翁方綱舊藏十九卷本（嘉定本）、黃丕烈舊藏二卷本（嘉泰本）、翁同龢舊藏三十二卷本（景定本），以及繆荃孫舊藏四卷本。

宋版書素有一頁一黃金之價值。而國家圖書館所珍藏的嘉定本，不只是宋版書，其珍貴之處更在於：不僅注釋詳盡在文獻和版本研究上具有極高價值，印刷方面也以雕版精工著稱，且本書為善書歐體字的書法家傅穉手寫上版，書法蘊意秀美，被譽為宋版書中之極品。此外，從明代至今經過十二個主人的遞藏和品鑑，出盡鋒頭，卻又遭受蟲、霉、水、火劫數，流傳過程尤為曲折驚心。

此書最早由明代大藏書家安國和毛晉收藏，清初由宋犖等士林名流遞藏，乾隆年間大書法家翁方綱購得此書，視為鎮宅之寶，並將書齋名為「蘇齋」，每年農曆十二月十九日蘇東坡生日時，便邀集同好、儒彥焚香設宴，一起鑑賞吟詩題詞歌詠讚嘆，因此書上名人的印鑑幾乎蓋滿，護頁上還有精美書畫；而這部書也因這些雅好金石、書畫的文人或題詩作畫或點評題跋而共同成就此非凡的藝術價值。

劫後重生，一段曲折驚心的故事

清朝末年，此書歸袁思亮所有，因袁氏位於北京西華門外宅邸的藏書樓失火，被主人視為珍寶的這部嘉定本《註東坡先生詩》就在其中，情急之下袁氏打算以身相殉，家人只得冒死將這套書救出。神奇的是，這部書的版口雖然全部被火燒過，然而書的主體內文，以及歷代留下來的名人題記、印章等，卻損傷輕微。從此，這部帶著燼餘痕跡的嘉定本，就又多了個「焦尾本」的雅稱。

焦尾本的故事還沒有結束。民國年間，此書經良工重新裝裱後，另有精雅古樸的風貌；收藏家張澤珩於抗戰時期贈予中央圖書館，之後從當時的國府南京遷至陪都重慶，再歷經國共內戰，跟著國民政府到了台灣，暫鎖秘閣於台中糖廠附近的北溝，之後才遷至台北南海路的國立中央圖書館舊址，再到中山南路的國家圖書館，歷經了諸多劫難，輾轉遷徙珍藏至今。

這部嘉定本《註東坡先生詩》雖遭祝融毀損，但極品宋版書的內文，加上近百頁名人題記、印章，與火燒的枯跡相互映照，格外顯得富貴堂皇。如今得以景印流傳，一則讓所有喜愛蘇詩、欲窮究其深意的讀者能夠追索精研，也讓久聞其名而沒有機會一睹真面目的人能夠飽覽典藏；而國寶文物古籍的面世，無疑也是當今漢學界和文化界的盛事。

原汁原味，復刻風華璀璨的面貌

這部珍貴的古籍，不僅歷代名家注釋詳盡、版刻精美，打開宣紙景印的書卷，題註、題跋、畫作都是藝術，書中許多名家留下的「印記」，勾勒出這部書流傳的軌跡；而欣賞字型的篆刻，裝幀材料的考究種種細節，都是我們穿越時空，認識與閱讀經典的另一種方式。

一直以來，書籍都是傳播知識的載體，但古書除了版本校勘的學術價值，在紙張及裝幀的呈現上，和現今數位快速化的印刷條件截然不同。在復刻這套珍貴的古籍時，國家圖書館重新掃圖以「不傷書」為首要原則，在製作過程中增加了一些難度，修圖補圖須要細膩專業的處理，而原書前後黑色護頁上的題記和畫作的顏料，係用「金液銀液」調製而成，歷經數百年時光以及種種劫難，依舊曖曖含光。所以找到合宜的宣紙印刷、手工穿線及函套的選料、裝幀、質感呈現等細節，在在都是考驗；而如何彰顯中國刻版印書精湛手藝的初衷，不斷地驅策我們精益求精的努力嘗試，希望貼近呈現原汁原味的古籍風貌。

我們在編輯這套書的過程中，發現焦尾殘本重新裝裱時稍有錯置情形，但為了呈現古籍原貌故而未予更動。特此摘錄鄭騫教授所作之考證供讀者參考。「卷十六包含有卷十四之一部分，卷二十八之第一頁，因燒毀殘頁脫佚兼有，重新裝幀時混為一冊；書中後半係因末頁卷十六字樣尚可辨識，故中央圖書館善本書目將其題為卷十六。」（參見鄭騫《宋刊施顧註蘇東坡詩提要》）而翁方綱在第十卷卷首的題記上書寫蘇齋圖在第十三卷，但後人重新裝裱時放在卷三十七的卷尾。

萬眾矚目，少蘊堂景印流傳於世

大塊文化以這部歷經數朝、浴火重生的珍貴文物為起點，特別設立「少蘊堂」品牌，專門復刻出版這類歷史上珍貴的文物，有計劃地做三件事情：(一)為這些特殊又珍貴的出版品重新賦予生命，和當代的讀者接觸。(二)在當代數位閱讀日盛的氛圍下，讓讀者可以體驗中國文化所留傳下來的頂尖出版品的價值，因而對紙本出版的藝術與未來有新的想像與期待。(三)可供學術研究的專家有方便的參考、有可能的收藏。

而「少蘊堂」的出處及涵義有二：歷史上的大藏書家葉夢得，字少蘊。李白言：「少蘊才略，壯而有成。」因此取「少蘊而始」的意思。「少蘊堂」的出版，首先以和國家圖書館的合作出版為重點。除此之外，也會尋找其他珍貴藏書的出版可能。以焦尾本《註東坡先生詩》來說，由於這套書分居兩岸，除了國家圖書館珍藏的部分之外，我們也往來奔走找到另一私人藏書家，將他所藏的一併出版呈現，相信其意義與價值更是不凡。

未來的出版將向兩極化發展，也從兩種不同的方向帶給閱讀者享受與樂趣；一端是數位出版走向互動與多媒體化，另一端則是紙本出版走向藝術品化。而大塊文化與國家圖書館合作景印出版的焦尾本《註東坡先生詩》，就是希望能將紙本出版走向藝術品化的特點，做最充分的發揮與展現。

大塊文化董事長

註東坡先生詩卷第三

吳興施氏

吳郡顧氏

詩四十五首 起在京師由陳潁赴錢塘通守盡離廣陵

和子由初到陳州見寄二首 事見本卷潁州初別子由詩注

道喪雖云久吾猶及老成 論語吾猶及史之闕文也毛詩雖無老成人

如今各衰晚那更治刑名 史記[illegible]叚荅子吾有大末

歲月的侵蝕消磨，宋代刻印的書籍已經日漸散佚消亡

《註東坡先生詩》歷經諸多劫難與藏書家的品題鑑賞

過程曲折驚心卻仍曖曖含光，被譽為宋版書中之神物

宋犖

嘉定本藏書者，著名鑑藏、書畫家

宋犖字牧仲，河南商丘人，晚號西陂老人、西陂放鴨翁。據《西陂藏書目》記載，宋犖的藏書有數萬冊之多，為江南第一收藏大家。清康熙年間曾任吏部尚書，博學嗜古，工詩、詞古文、繪畫。

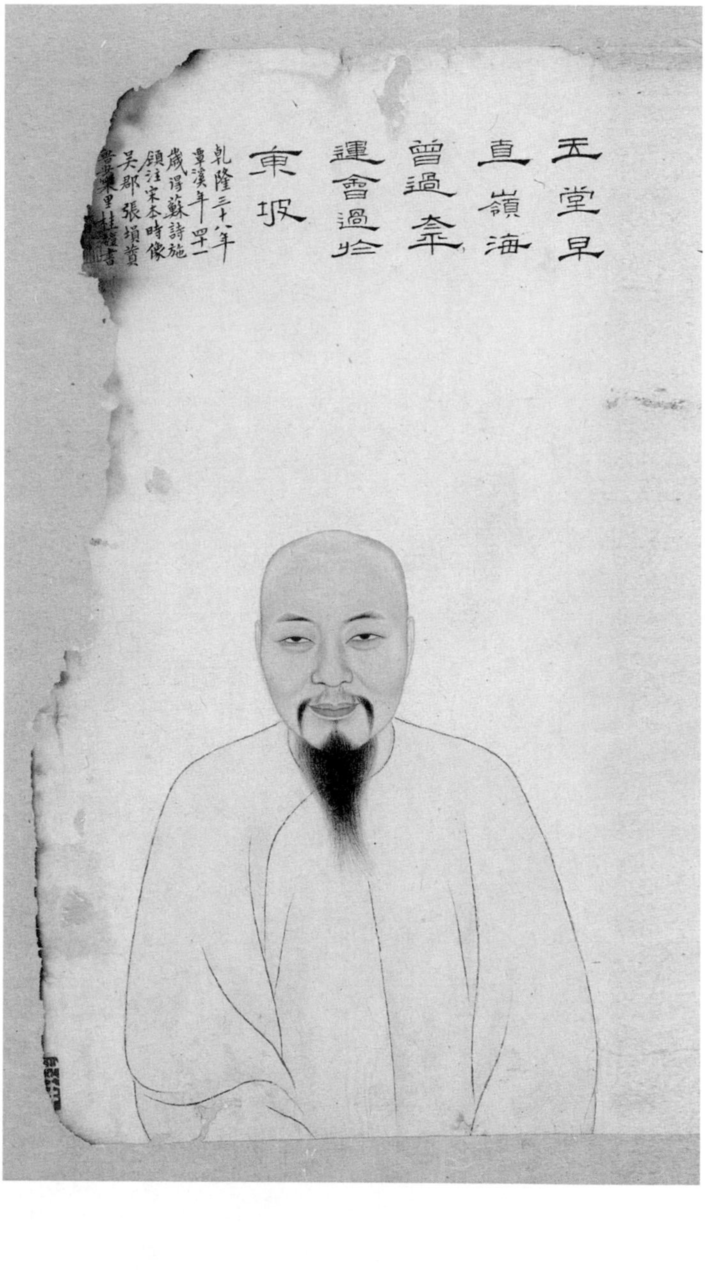
玉堂早
直嶺海
曾過秊
運會過於
東坡
乾隆三十八年
覃溪年四十二
歲得蘇詩施
顧注宋本時像
吳郡張塤贊
桂馥書

翁方綱

嘉定本藏書者、清代大書法家

嘉定本最早的收藏者為明嘉靖年間的安國，後為明末的毛晉，清初的宋犖、揆敘，第五位則是翁方綱。翁方綱得到此書視為珍寶，將書齋名為「蘇齋」，每年東坡生日時邀集賓客焚香設宴，當時的士林名流如桂馥、伊秉綬、姚鼐、錢大昕等好友，或題詩、題跋，以金液銀液書於瓷青紙護頁，以墨筆書於副頁，此即祭書之始。

[illegible]評古敘存一隻　邵氏例言亦及景蕃標題只言施注何也　人生運會本偶然

傳与不傳皆可憐焚香對此閒詩卷又是風花澹沲天

題宋槧施顧二家蘇詩注為覃溪先生所藏本

乾隆四十五年三月二十五日甲辰為穀雨後十日隣家一[illegible]花

歸書此　吳郡張塤

註東坡先生詩卷第七

吳興施氏

吳郡顧氏

詩六十三首 時通守錢塘

追和子由去歲試舉人洛下所寄

五首

暴雨初晴樓上晚景

秋後風光雨後山 文選謝玄暉和徐都曹詩風光草際浮 滿

[illegible]流水[illegible] 白樂天悟真寺詩藍水[illegible]

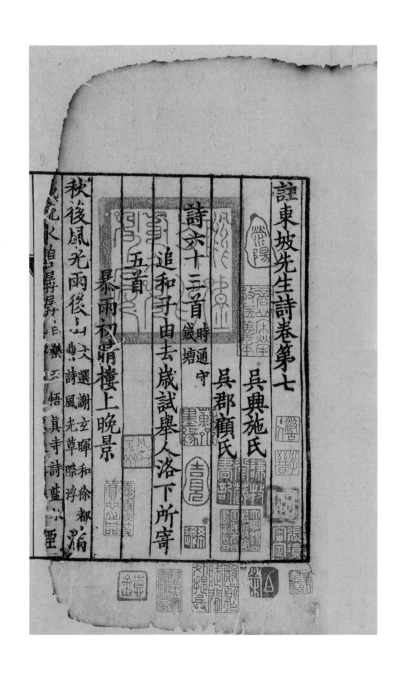

後宗游甘露寺寺有孔明孫權李德裕遺
跡感而賦詩猶此意也今日讀李太白廣
武古戰場詩云沈酒呼豎子狂言非至公
乃知太白亦誤認嗣宗語與先友之意無
異嗣宗臯放蕩本有意於世以魏晉多故
故一放於酒何至以沛公為豎子乎**不待雍門彈**桓譚新論雍門周以
琴見孟嘗君君曰先生鼓琴亦能使文悲
乎對曰竊為足下有所悲千秋萬歲後墳
墓生荊棘游童牧豎躑躅而歌其上曰孟
嘗君之尊貴亦若是乎於是孟嘗君喟然
太息淚承睫而未下雍門周引
琴鼓之孟嘗君遂歔欷而就之

次韻子由柳湖感物

憶昔子美在東屯數間茆屋蒼山根杜子美移

居東屯詩東屯復瀼西一種住清谿來往皆茅屋淹留為稻畦嘲吟草木

調蠻獠北史蠻獠傳蠻之種類蓋盤瓠之後獠者南蠻之別種欲與

猿鳥爭啾喧子今憔悴衆所弃左傳成公九年詩曰

雖有姬姜無弃蕉萃驅馬獨出無往還毛詩驅馬悠悠惟有

柳湖萬株柳清陰與子供朝昏柳子厚飲酒詩清陰

自可庇竟夕聞佳言胡為譏評不少借會稽典録孔融與曹公書

今之少年喜謗前輩或能譏評孝章韓退之送浮屠令縱序促席接膝譏評文章史

記荆軻傳顧王少假借之接子由柳湖感物詩意謂柳花入水為浮萍[illegible]堅村其

[illegible]址為[illegible]茅功力十生[illegible]支坐雖為繫

東坡先生像
丙辰春二月竟陵鍾惺摹

元祐罪人好詩格嘉泰某年鍥成冊注者施元之顧禧傳
兩家小施宿槧棗供其役故人窮之來相訪化度九成精
筆畫謂傳舜宮刻四十有二卷落寞滄桑風雨迹倉曹適
志豈多時每負葡萄蘆酒夕當年禁錮轟雷霆如
此江山賸半壁安石元常皆何往留得海頭一隻殘嗟
哉春夢卷中人屈指流年五六百牧仲開府金閶城
繙書常會諸詩客邵氏長蘅〻膽大於斗眼對古人硬
辜顧氏之寃・莫訴姓氏標題遭棄擲可堪寶

明徐獻忠吳興掌故集云注東坡詩四十二卷年譜目錄各一卷司諫施
元之字德初與吳郡顧景蕃共爲之元之子宿推廣爲年譜
陸放翁序 [illegible]明言年譜目錄各一卷與文獻通考同而商
邱刻本乃云施氏者有譜而無考者何也

庚戌十二月十九日諸君集蘇齋拜公生
日揚州羅聘兩峰作蘇齋圖 方綱記

乾隆辛丑五月嘉善周震榮拜觀

壬寅五月嘉興沈叔埏

海陽鄭[illegible]年玉[illegible]

注蘇詩 八 曾同觀於羅寓

侍十八官漢孺

舊凋零盡新交得儁人文章諧律呂議論

立精神甚歡邀聯騎無如困負薪蘭亭脩

禊近爲記永和春

右放翁簡傅漢孺詩錄于蘇詩施顧注本　方綱并次韻

作序六年後心儀書楷人家藏借題跋謝叟有精神

幾春淡留寰千秋火繼薪想陪追禊詠及共戊辰春

放翁此序作於嘉泰二年壬戌而贈傅詩在嘉定元年戊辰也放翁

又嘗爲漢孺跋其家所藏謝師厚手迹故及之

道光十六年夏六月立秋後三日平定張瀛暹石州氏敬觀

余以彙萃蘇文忠詩王施查三本注而訂其舛訛刪
其重複因借翁覃溪閣學所得不全宋刊施顧注
原本校對乃知邵青門刪補之本全失施顧真面
目其中紕謬最甚者已詳見余合注本而施氏原
注之重複太甚間有舛訛亦不能無小疵傅氏楷法
固精然訛寫頗不乏甚矣注書難刊書亦豈易哉
披覽是編益不敢自信矣庚戌春正桐鄉馮應榴題

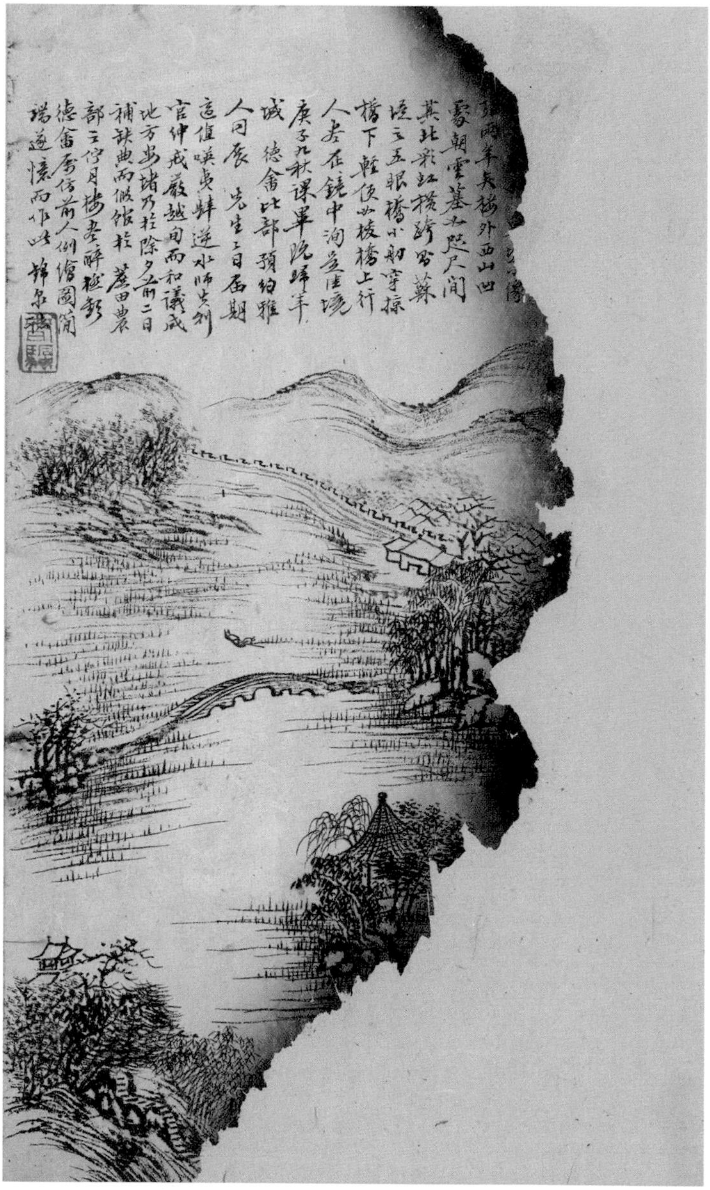

兩年來游外西山四
霧朝雲暮如咫尺間
其北彩虹橫跨寫蘇
堤之五眼橋小船穿掠
橋下輕便如梭橋上行
人去在鏡中洵並佳境
庚子九秋課畢晚歸羊
城　德畬比部預約雅
人同展　先生三日屆期
適值嘆夷肆逆水師失利
官紳戒嚴越旬而和議成
地方安堵乃於除夕前二日
補訣曲而餞於　蔗田農
部之寓月樓臺醉極影
德畬屬倣前人例繪圖簡
瑞遊懷而作此　錦泉

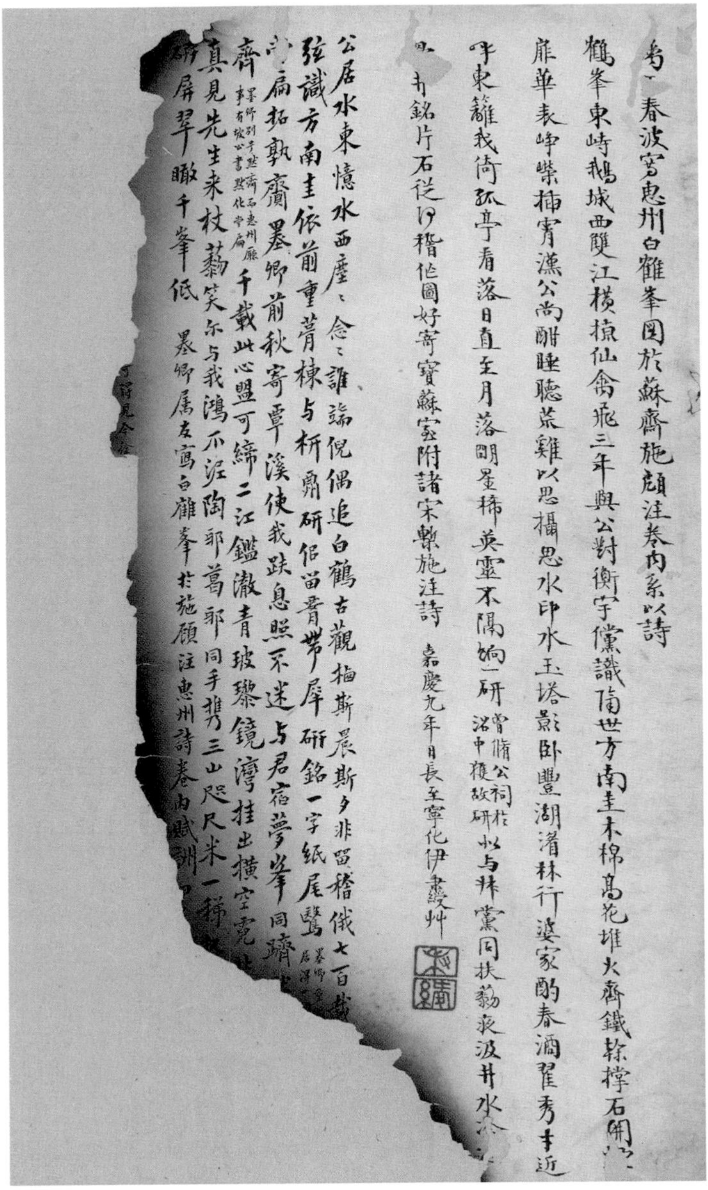

爲丶春波寫惠州白鶴峯圖於蘇齋施顧注卷內系以詩
鶴峯東峙鵝城西嶼江橫掠仙禽飛三年與公對衡宇儻識偏世方南圭木棉高花堆火齋鐵梓撐石開
扉華表峥嵘插霄漢公尚酣睡聽荒雞以思楊思水印水玉塔影卧豐湖渚林行婆家酌春酒翟秀才近
呼東籬我倚孤亭看落日直至月落明星稀英靈不隔餉一研曾脩公祠於沼中獲故研以與拜黨同扶藜汲井水冷
日有銘片石從伊揩作圖好寄寶蘇室附諸宋槧施注詩　嘉慶九年月長至寧化伊秉綬草

公居水東憶水西塵塵念念誰端倪偶追白鶴古觀插斯晨斯夕非留稽儀七百載
弦識方南圭依前重葺棟與桁鼎研侶留胥帶犀研銘一字紙尾鷺墨卿曾居湖
詩扁拓孰齋墨卿前秋寄覃溪使我趺息照不迷與君宿夢峯同躋
齋墨卿別號瑩齋書惠州廉事有坡公書默化堂扁千載此心盟可締二江鑑澈青玻瓈鏡灣挂出橫空霓
真見先生來杖藜笑尔與我鴻爪泥陶邪葛邪同手攜三山咫尺米一稊
研屏翠瞰千峯低　墨卿屬友寫白鶴峯於施顧注惠州詩卷內賦拼
可蒔見今注

邵何心錯同鑄吴興山水接吴郡多少
英靈借未護祈薪負荷倉曹賢補綴低行潯依據松煙棗版
宣倚十八官副大著為期對扌極壽先業豈僅訓纁恤貧故風雨芸庵老學尊文車法乳眉山付
言定先後快提獎序酬武子詩贈傅如何景定鄭吴門遽抱遺編嘆漫洹六十年繞電去疾七萬
字同星炳附印本鶩逢鄭補前初脱於木神采具窮、錫山桂坡老實始收咸芬瓊瑤迭經毛宋幾
淪蓬直待蘇齋蒐扃錮歸依今潯南海公古欒英、壁書庫當時蘇齋拜生日年、踏雪我公
與嗄辰一笠神来思兩施一顧祀應酧七百載閱滄桑多卅一巻猶星鳳翥今晨秋館睐雨歆為
展檀函古香赴我公嗜古重表微何不重將貞木鋸一為雪堂張羽龔寯止西陂糾繆誤我蹋塞
劣如策駑倘許校讐勤掃蟲披詞補注竟零落莫由合併同谿露爭傳鐵綽大江東誰解怱
雷長短句　道光十五年仲秋月晦日

荷屋中丞丈人出兩宋槧本蘇詩施顧合注拜觀之餘敬成長句越日季秋月丁亥朔謹錄於第三
卷之副紙　道州何紹基時年三十有七

烏程王獻寯鄉黄本驥同觀

道光乙未稷杪吴鍾駿敬觀

道光乙未九月古婺王庭蘭敬觀

衡芙旃蒙協洽无月龔維琳敬簽

註東坡先生詩　焦尾本

系　列：少蘊堂叢刊之一
作　者：（宋）蘇軾 撰　施元之、顧禧、施宿 合註
版　本：宋嘉定六年（一二一三）淮東倉司刊本
發 行 人：曾淑賢．郝明義
合作出版：國家圖書館
台北市中山南路二十號
大塊文化出版股份有限公司
台北市南京東路四段二十五號十一樓
網　址：www.locuspublishing.com
電　話：（〇二）八七一二三八九八
傳　真：（〇二）八七一二三八九七
郵撥帳號：18955675　大塊文化出版股份有限公司
法律顧問：全理法律事務所董安丹律師
初版一刷：二〇一二年十月
全套定價：新台幣貳拾萬元（四函．二十一冊不分售）
ISBN 978-986-213-349-1

國家圖書館出版品預行編目（CIP）資料

註東坡先生詩/（宋）蘇軾撰；（宋）施元之,
顧禧, 施宿 合註-- 初版.-- 臺北市：大塊文化, 國家圖書館,
2012.10　　冊；　公分
ISBN 978-986-213-349-1（全套：線裝）

851.4516　　101012354